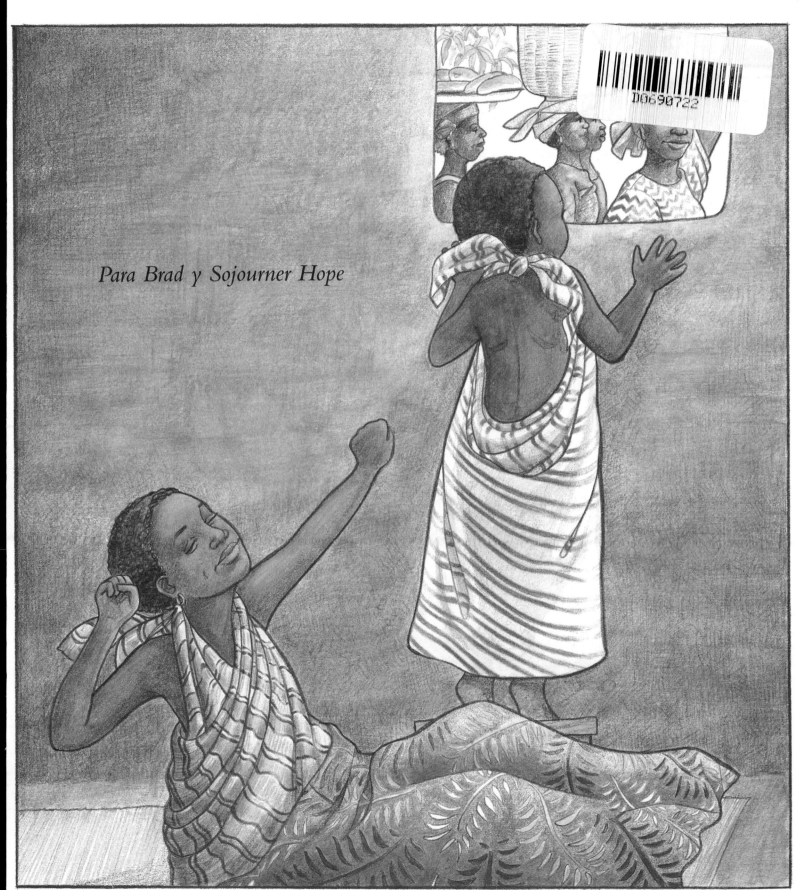

Para Brad y Sojourner Hope

12 11 10 9 8 7 6 5 4 3 2   14   0 1 2 3 4/0

Le estoy agradecida a Bruce McMillan por su consejo y entusiasmo; a Florence
Ogah Bellini, Hanna Bulger, Steve Connors, Joan O'Brien y a Cathy Scala por su
apoyo y por su ayuda investigadora; al Peace Corps por la oportunidad de
trabajar y vivir en Benín; y le estoy muy agradecida a la gente de Benín,
especialmente al pueblo de Sé quien había sido un vecino muy amable durante
dos años, y quien me había enseñado lo que significa ser parte de una
comunidad.

SE NECESITA TODO UN PUEBLO

Escrito e ilustrado por Jane Cowen–Fletcher

SCHOLASTIC INC.

New York   Toronto   London   Auckland   Sydney

El sol recién empezaba a salir pero hacía
horas que la gente del pueblo se había
levantado. Era día de mercado.

—Yemi —dijo Mamá—. Hoy cuidarás a
tu hermanito mientras vamos al mercado.
Yo estaré muy ocupada vendiendo nuestros
mangos.

—Ven Kokou —dijo Yemi—. Hoy te cuidaré
yo ¡yo solita!

—¿Tú solita? —le preguntó Mamá
mientras sonreía por lo que Yemi había dicho.
Mamá sabía bien que no sería así.

Mamá recogió los mangos. Yemi alzó a
Kokou, sintiéndose como muy mayor, mientras
caminaba al lado de su mamá.

Se unieron a la multitud que caminaba hacia el pueblo. La gente venía de los alrededores para vender sus mercancías y comprar lo que necesitaba. El día de mercado era también propicio para encontrarse con amigos y conocidos.

Comenzaron a saludarse al encontrarse
en el camino que conducía al pueblo.
—¡Hola!
—¿Cómo está usted?
—¿Cómo está la familia?

Yemi ayudó a su mamá a colocar los mangos. Una de las vendedoras de fruta dijo:

—¡Cómo ha crecido Yemi! Debe ser una gran ayuda para usted.

—Sí —dijo Mamá—. Ella es quién va a cuidar a Kokou hoy.

—Yo solita —añadió Yemi.

—¿Tú solita? *¡Yay gay!* —exclamaron admiradas las mujeres. Sonrieron y asintieron con la cabeza, aunque sabían que no sería precisamente así.

Una vez acomodados los mangos,
Yemi preguntó si podía llevar a Kokou a
dar una vuelta por el mercado.

—Sí, pero no tarden mucho —le dijo
Mamá.

Yemi no se había alejado mucho cuando Kokou empezó a mostrarse inquieto.

—Debe tener hambre —dijo ella.

Lo bajó sólo por un minuto para poder comprar cacahuetes...

... y Kokou
se fue caminando.

—¡*Cho!* —gritó Yemi cuando se dio la
vuelta y descubrió que Kokou no estaba.
Puso los cacahuetes en el bolsillo...

... y corrió a buscarlo.

—¿A dónde habrá ido? —se preguntó.
Mientras lo buscaba, Yemi empezó a preocuparse.
—Kokou debe tener hambre.

Pero no era así.

—Kokou debe tener sed.

Pero no era así.

—Kokou debe estar asustado.

Pero no lo estaba.

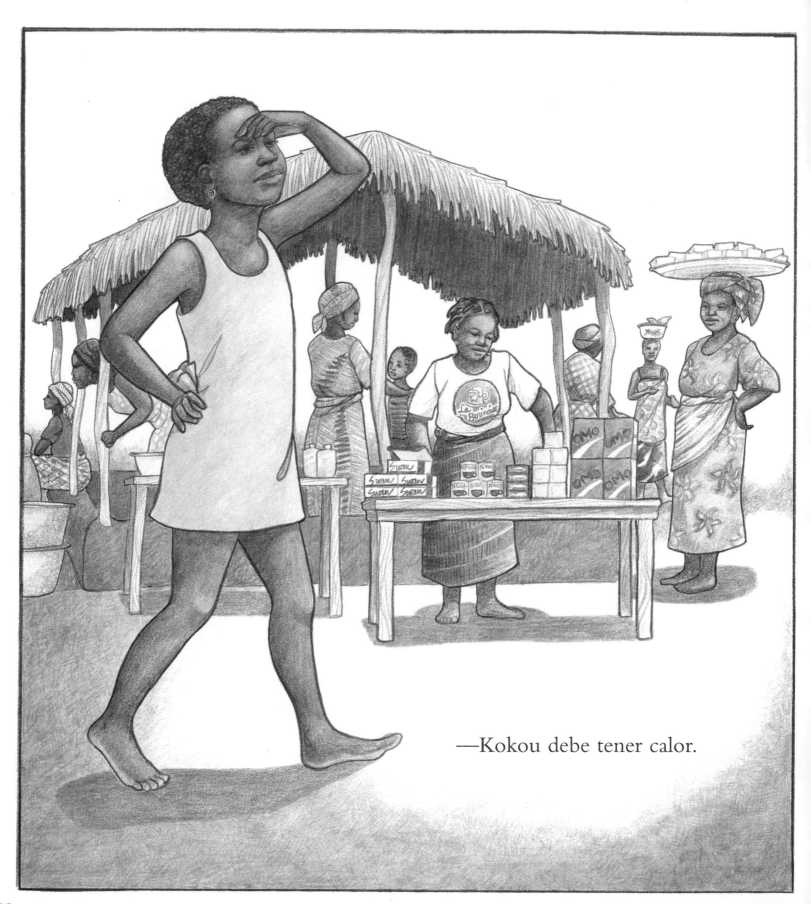

—Kokou debe tener calor.

Pero no era así.

19

—Kokou debe estar cansado.

Pero no lo estaba.

Después de buscarlo por todas partes,
Yemi se paró y gritó con todas sus fuerzas:
—¡Kokou se ha perdido!

Pero no era así.
Justo al otro lado del sendero
Kokou se acababa de despertar.
—¿Es él tu Kokou? —le
preguntó el vendedor de esteras.

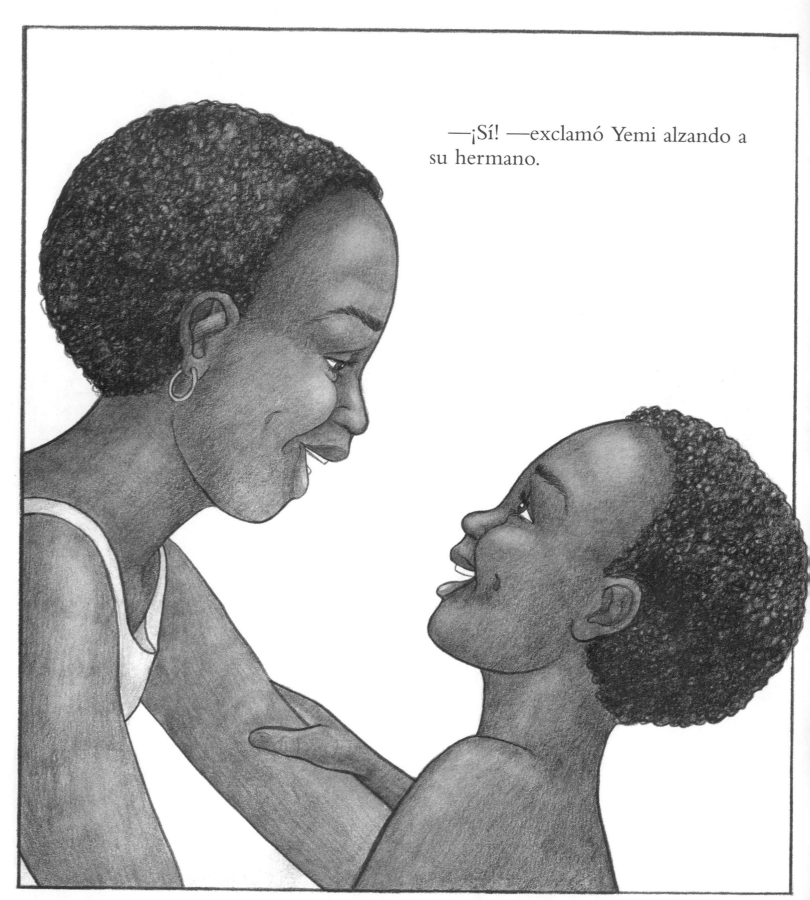

—¡Sí! —exclamó Yemi alzando a su hermano.

—Muchas gracias por
haberlo cuidado —le dijo
Yemi al vendedor de esteras.
—¡Oh! no he sido el único
—dijo con una sonrisa
señalando en la dirección de
donde había venido Kokou.
Yemi le volvió a dar las
gracias y se alejó por ese
rumbo.

Yemi dio las gracias, una vez...
y otra vez...

y otra vez...

y otra vez...

y otra vez.

—Hemos tardado mucho tiempo en volver —dijo
Yemi—. Mamá debe estar preocupada.

Pero no lo estaba, porque Mamá sabía lo que pasaría.

—Al igual que mi mamá me lo dijo, y su mamá a ella, te diré que tú no estabas sola, Yemi. No criamos a nuestros hijos solos. *Se necesita todo un pueblo para criar un niño.*

El mercado

En África hay un buen número de supermercados y centros comerciales. Sin embargo, en los pueblos rurales de Benin y de otros países africanos, el mercado tradicional al aire libre es el único mercado que tiende a las necesidades de la comunidad y como lo ha hecho por cientos de años. La gente del pueblo es la que compra y vende. Los días de mercado ocurren con regularidad durante todo el año. Los productos y alimentos varían según la temporada y la región.

En el mercado también se encuentran telas, ropa, utensilios de cocina, herramientas para la granja, equipos para la pesca, ganado, artículos de artesanía como cestos y cerámica, y otros productos como latas de leche y de pescado, baterías, bombillas, jabones, platos de plástico, ollas de esmalte, bolígrafos y cuadernos para la escuela. Es un centro comercial al aire libre, donde se puede encontrar de todo.

El día de mercado es también un evento social donde se vende comida caliente, refrigerios y bebidas. Es una buena oportunidad para ver y conversar con parientes y amigos.

Todos los artículos que aparecen en el libro —como la cerámica, las telas, los cestos, las calabazas decoradas y otras cosas— por lo general no son representativos de una región específica, aunque muchos de ellos se encuentran en los diferentes mercados de Benin.

Se necesita todo un pueblo para criar un niño.
—Proverbio africano